LES AMOURS

DE

M. JACQUINET,

COMÉDIE-PARADE, EN UN ACTE,

EN PROSE, MÊLÉE DE VAUDEVILLES.

RÉPRÉSENTÉE, pour la première fois, à Paris, le 12 Ventôse, An VI.

PAR le Citoyen C. J. B. LAGRÉNÉE.

À PARIS,

Chez LAURENS AINE, Imprimeur, rue d'Argenteuil, Nos. 211 et 212.

AN VIIe.

PERSONNAGES.

THOMAS, Fermier.

LUCAS, Amoureux de Silvie.

SILVIE, fille de Thomas.

JACQUINET, autre amoureux de Silvie.

Le Théâtre représente un Village ; à gauche du spectateur, on voit la Ferme de Thomas, et sur la droite ; une espèce de bosquet.

LES AMOURS

DE

M. JACQUINET,

COMÉDIE-PARADE, EN UN ACTE,

EN PROSE, MÊLÉE DE VAUDEVILLES.

SCÈNE PREMIÈRE.

SILVIE, *sortant de la Ferme.*

MONSIEUR Jacquinet arrive aujourd'hui, et l'on prétend que dès demain il reçoive ma main ! Moi m'unir à un autre qu'à Lucas... Jamais ; mon père desire avoir pour gendre, un homme d'esprit, et parce que Monsieur Jacquinet dit, dans toutes ses lettres, qu'il en a, v'la que mon père veut qu'il devienne mon mari.

AIR : *De la Soirée orageuse.*

Monsieur Jacquinet a d'l'esprit,
Du moins, il l'écrit à mon père ;
Mais comm' c'est lui seul qui le dit,
On peut bien penser le contraire :
Le sot, pour se mettre en crédit,
Se pare d'une vaine gloire ;
S'il ne disait pas : J'ai d'l'esprit,
Jamais on ne pourrait le croire.

D'ailleurs, Monsieur Thomas a donc oublié que j'aime, que je suis aimée, et qu'il n'en faut pas davantage pou, faire le bonheur de sa fille. Si je pouvais m'entendre avec mon amant, nous tâcherions d'empêcher ce mariage qui causerait notre malheur... Je suis persuadée que Monsieur Jacquinet, loin d'être un homme de mérite, n'est peut-être qu'un imbécille, et qu'il serait facile de le détourner

de son amour, en lui jouant quelque tour ; il faudrait pour
cela me concerter avec Lucas... Mais le voici.

SCÈNE II.

SILVIE, LUCAS.

LUCAS, *d'un air gai.*

Bonjour, Silvie.

SILVIE, *triste.*

Bonjour, mon ami.

LUCAS.

Qu'as-tu donc ? tu me parais bien triste.

SILVIE.

Ce n'est pas sans sujet.

LUCAS.

Comment ?

SILVIE.

Monsieur Jacquinet, dont je t'ai si souvent parlé, vient
aujourd'hui même pour m'épouser.

LUCAS.

Et tu consentirais à lui donner ta main ?

SILVIE.

Peux-tu le penser ; n'as-tu pas mon cœur, n'ai-je pas
le tien ?

LUCAS.

Oh, oui !

SILVIE.

Eh bien, ma main ne sera qu'à celui qui possède mon
cœur.

LUCAS.

Ah, Silvie, ces mots me rendent le plus heureux des
hommes... Mais ton père...

SILVIE.

Je lui déclarerai mes sentimens ; il ne pourra résister à
mes prières ; il est brusque quelquefois, mais il est bon.

LUCAS.

Il me vient une idée : quel homme est-ce que mon
rival ?

SILVIE.

Je ne connais de lui que son style ; dans les lettres qu'il
écrit, il vante beaucoup sa science et ses connaissances.

LUCAS.

Celui qui se vante n'est ordinairement qu'un ignorant.

SILVIE.

Il dit cependant qu'il a infiniment d'esprit.

LUCAS.

J'en doute; au surplus, s'il est raisonnable, il renon-
cera de lui-même au bonheur de t'avoir pour femme, lorsqu'il verra que tu ne l'aimes pas ; si c'est un sot entêté,
nous nous en amuserons et lui ferons faire de force ce
qu'il aura refusé de faire de bonne grace ; j'ai mon projet, tu verras qu'avant la fin du jour, Monsieur Jacquinet aura pris son parti.

(*On entend Thomas appeller Silvie.*)

SILVIE.

O Ciel, j'entends mon père !

LUCAS.

Je me retire... Avant de nous séparer, veux - tu me
permettre...

SILVIE.

Quoi donc ?

LUCAS.

De prendre ce que tu me donnes quelquefois.

SILVIE.

Mais encore ?

LUCAS.

Un baiser.

SILVIE.

Oui, à condition que tu me donneras ce bouquet.

LUCAS.

De tout mon cœur. (*Il lui donne le bouquet et l'embrasse.*)

SILVIE.

D'où vient, Lucas, as-tu tous les jours à ton côté,
un bouquet semblable à celui-là ?

LUCAS.

Il me console de ton absence, voilà pourquoi je le
porte avec moi.

AIR : *Jeunes amans cueillez des fleurs.*

Quand je veux former un bouquet
De fleurs nouvellement écloses,
Dès le matin, dans ce bosquet,
Je cueille des lis et des roses.

Je prends ces fleurs ,

Je les place auprés de mon cœur ,
Elles me rappellent sans cesse
La beauté, l'éclat, la fraîcheur
De mon adorable maîtresse. ***bis.***

Tu vois que je fais un sacrifice en te les donnant, mais j'espère m'en dédommager par la satisfaction que j'aurai d'expulser un rival qui vient si mal à propos troubler notre amour.

(*On entend encore Thomas.*)

SILVIE.

Mon père m'appelle ; va-t-en Lucas, tu sais que s'il nous surprenait ensemble, je serais grondée, et cela n'avancerait pas nos affaires.

LUCAS.

Il va sûrement t'entretenir de son Monsieur Jacquinet ; refuse et... mais v'la M. Thomas, je me sauve. (*Il s'enfuit.*)

SCÈNE III.

THOMAS, SILVIE.

THOMAS.

Quand je t'appelle, pourquoi ne me réponds-tu pas, hein ?

SILVIE.

C'est que...

THOMAS.

C'est que tu étais à causer avec quelqu'un ; ce Lucas ne me laisse pas tranquille ; il te courtise, je le sais ; mais je n'entends pas ça, Mademoiselle, et si je l'apperçois rôder autour de ma maison, il aura affaire à moi.

SILVIE.

Mon père, je...

THOMAS.

Mon père, mon père... Eh ben, que veux-tu dire !

SILVIE.

Si vous vouliez m'écouter sans vous mettre en colère.

THOMAS.

Je n'ai pas ce défaut-là ; lorsque je suis de mauvaise humeur, ce n'est pas sans raison ; allons, parle.

SILVIE.

J'ai fait réflexion sur mon mariage avec M. Jacquinet, et j'ai vu qu'un mari tel que lui ne me convenait pas du tout.

THOMAS.

Et où avez-vous vu ça, Mademoiselle ?

SILVIE.

Où... mais... mon cœur...

THOMAS.

Mon cœur... mon cœur .. Eh ben, voyons. (*A part.*) Je parierais que son Lucas lui trotte dans la cervelle.

SILVIE.

Si vous me laissiez la liberté de choisir un époux, et que vous consentiez à me donner...

THOMAS.

Lucas, n'est-ce pas ? un jeune étourdi, sans bien, sans parens ; vous n'aurez point d'autre mari qu Monsieur Jacquinet, c'est un homme riche, un homme à talent, un homme d'esprit enfin.

SILVIE.

Eh ! mon père, croyez - vous que l'esprit et la richesse suffissent pour rendre une femme heureuse ; un bon cœur est bien préférable.

THOMAS.

Qui vous a dit, Mademoiselle, que Monsieur Jacquinet n'a pas un bon cœur ; je crois, moi, qu'il l'a excellent, un bon cœur et de l'esprit : eh ! mais c'est un trésor pour une femme ; cela se rencontre si rarement.

SILVIE.

Vous avez beau dire, je ne consentirai jamais...

THOMAS.

Qu'est-ce à dire, je ne consentirai jamais... Je suis vot' père, et je veux qu'on fasse mes volontés.

AIR : *Des Trembleurs.*

Vous m'devez l'obéissance,
Si par trop de résistance
Vous lassez ma patience,
Craignez tout de mon courroux.

SILVIE.

Mais écoutez-moi, mon père !

THOMAS.

Vous devez me satisfaire
En prenant, dès d'main, ma chére ;
Jacquinet pour votre époux.

SILVIE.

J'aimerais mieux mourir.

THOMAS.

Chanson que cela... Si je vous proposais pour mari vot' Lucas...

SILVIE.

Oh ! pour celui-là...

THOMAS.

Vous le prendriez.

SILVIE.

Ah ! oui.

AIR : *C'est un enfant.*

Lucas a toute ma tendresse ,
Lucas seul fera mon bonheur ,
J'sais q'Lucas n'a pas de richesse ,
Mais Lucas possède un bon cœur.
Lucas sait me plaire ;
Ah ! faites , mon père ,
Que l'hymen couronne en ce jour
Mon tendre amour. *bis.*

THOMAS.

Nous y voilà... Non, Mademoiselle.... non.... Il ne sera
pas dit... mais quel est ce jeune homme ?

SCÈNE IV.

THOMAS, JACQUINET, SILVIE.

JACQUINET.

Je crois que j'y suis ; oui , v'là la maison telle qu'il me
l'a été défigurée dans sa lettre... Cependant...

THOMAS

Qui demandez - vous , Monsieur... Eh ! mais je ne me
trompe pas , c'est mon cher ami Jacquinet.

JACQUINET.

Oui , beau-père , c'est moi ; j'ai une peine de tous
les diables à trouver vot'maison. Comment ça va ?

THOMAS.

Pas mal , Dieu merci , est-ce que vous êtes venu à pied

JACQUINET.

Non , parbleu , j'étais parti de chez moi sur ma petite
Babichon , que vous connaissez bien.

THOMAS.

Et où l'avez-vous donc laissée ?

JACQUINET.

Avec un enragé bourriquet qui n'a jamais voulu la lâcher.

THOMAS.

Comment çà ?

JACQUINET.

AIR : *En quatre mots.*

Tranquillement monté sur Babichon ,
J'étais tout près de ce canton
Lorsqu'un maudit ânon

D'une

D'une audace sans pareille,
En redressant son oreille,
Sur moi s'élança :
D'un coup de têt' par terre me jetta ;
D'Babichon s'empara ,
Avec ell' se sauva ;
La colère me transporta.
Dès que je vis cela.

AIR : *De la Petite Poste.*

Je me lève , et dans ma fureur ,
Je cours après le ravisseur ,
Qui me voyant fait un *han , han* ,
Auquel je réponds par , pan , pan ,
Mais l'coquin loin d'être soumis
De nouveau gagne du pays.

Et je n'ai pu savoir par où il était allé avec ma chère Babichon.

THOMAS.

Peut-être aura-t-il pris le chemin du village , alors on l'aura attrapé , et nous en aurons sûrement des nouvelles... Vous devez être fatigué ; vous allez entrer vous reposer , puis après nous nous informerons de vot'hôte , mon gendre.

JACQUINET.

Avec plaisir ; mais dites donc , papa , quelle est cette petite femme , serait-ce vot' fille , par hasard ?

THOMAS.

Tout juste , mon ami , c'est vot' future.

JACQUINET.

AIR : *Des Fraises.*

Comment ! voilà , cher papa ,
Cet objet de ma flamme ,
Que l'amour me destina ,
Ce qu'hymen me donnera
Pour femme. (*ter.*)

THOMAS.

Oui , le v'là

JACQUINET , *à Thomas.*

Eh ! que ne le disiez-vous donc ; je vais lui faire un petit compliment dont elle sera enchantée. (*à Silvie.*)

B

Mademoiselle, soyez persuadée que la perte de ma Babichon ne me fera pas oublier les appas dont vous êtes
pourvue ; ils sont trop enracinés dans mon cœur pour
que rien puisse les en arracher. Je vous aimais sans vous
connaître. Le portrait que je m'étais fait de vos charmes
n'approchait pas de son original, c'est pourquoi il est
sorti de ma pensée depuis que je sais que c'est vous,
Mademoiselle, qui êtes l'objet pour lequel j'ai si souvent
passé des nuits blanches.

THOMAS.

C'est ça qu'est tourné. (*à Silvie.*) Eh ben ! tu ne réponds rien, toi ?

SILVIE.

C'est trop savant pour moi.

THOMAS.

La sotte ; mais on dit quelque chose au moins.

SILVIE.

La peur de mal parler...

JACQUINET.

V'la que çà vient.

THOMAS.

La peur de mal parler !

SILVIE.

M'a fermé la bouche.

THOMAS.

Allons, taisez - vous ; rentrez. (*à Jacquinet.*) Tenez,
mon gendre, il faudra choisir un aut' moment pour
faire vot' cour. Car je ne sais pas, mais... (*à Silvie.*) Allons, rentrez donc. (*Silvie rentre.*)

SCÈNE V.

THOMAS, JACQUINET.

JACQUINET.

Beau-père, vot' fille a l'air tout je ne sais comment ;
est-ce qu'elle ne serait pas contente de me voir ?

THOMAS.

Ce n'est pas cela. Mais c'est qu'elle est sujette aux
maux de tête, et je crains que...

JACQUINET.

A la migraine, pas vrai... Mal de fille que ça, papa ;
une fois qu'elle sera ma femme, je vous réponds qu'elle
n'y pensera plus.

THOMAS.

Croyez-vous ?

JACQUINET.

Assurément... Je connais la cause du mal et j'en sais le remède.

THOMAS.

Peut-être aussi que votre arrivée subite l'a effrayée.

JACQUINET.

Est-ce que je fais peur ?

THOMAS.

Je ne dis pas çà , mais...

JACQUINET.

Vous l'avez, sans doute , prévenue de son mariage avec moi ?

THOMAS.

Il y a plus de deux mois que je ne cesse de lui en parler tous les jours.

JACQUINET.

Croyez-vous que la petite m'aime ?

THOMAS.

Je pense bien que oui.

JACQUINET.

Je n'ai pas de rival ?

THOMAS.

Je n'imagine pas.

JACQUINET.

Alors elle ne peut me refuser.

THOMAS.

Vous refuser ! Je voudrais bien qu'elle eût cette pensée !

JACQUINET.

Mon ami Thomas , je serais mortifié de ne pas convenir à vot' fille , et elle aurait tort de ne pas vouloir de moi pour mari ; car je suis on ne peut pas plus complaisant au vis-à-vis des femmes.

AIR : *De Figaro.*

L'on m'verra dans mon ménage
Le plus soumis des époux.
J'suis fait pour le mariage,
Car je ne suis pas jaloux.
Plus d'un mari, je le gage ,
Faut' d'avoir cette qualité
Souvent se trouve affecté. (*bis.*)

THOMAS, *d'un air étonné.*

Affecté !

JACQUINET.

Oui... C'est-à-dire , là... Vous m'entendez.

THOMAS, *riant.*

Ah ! ah ! ah ! vous êtes plaisant avec vot' mot affecté.

JACQUINET.

C'est une nouvelle expression dont on se sert pour remplacer ce vilain mot qui finirait en U.

AIR : *Des Portraits à la mode.*

Depuis un temps l'on a changé ce mot ,
A la placé on en a mis un nouveau ,
Qui paraît à tout le monde plus beau ,
Puis chacun s'en accommode.
Ce mot a pris sa naissance à Paris ,
Et l'on voit maintenant dans chaque pays
Les femmes le donner à leurs maris
Pour se conformer à la mode.

THOMAS.

De façon qu'on dit en parlant d'une personne qui a du mariage par-dessus la tête, Monsieur un tel est affecté.

JACQUINET.

Oui , papa Thomas , c'est l'expression dont on se sert dans les bonnes sociétés.

THOMAS.

Je m'en souviendrai ; mais je vais savoir si ma fille s'oc‑cupe de nous arranger quelque chose pour not' dîner.

JACQUINET.

Je vous rejoins , beau-père.

SCÈNE VI.

JACQUINET, *seul.*

Enfin v'là donc que je vais me marier , et encore avec une femme charmante ; je ne l'ai vue qu'un instant , et ses attraits m'ont fait une sensation que je ne puis rendre. Mon ami Thomas , me le disait ben , vous ver‑rez , Monsieur Jacquinet , vous verrez une fille : ce n'est pas parce que je suis son père ; mais c'est bien la plus jolie créature du village. Oh ! çà c'est vrai... Je ne me sens pas d'aise ; mes enfans seront superbes , çà ne peut pas manquer , ma femme est une beauté , et moi j'ai toujours passé pour le plus beau garçon de ma famille.

AIR : *Voyage , voyage.*

Quel transport j'éprouve en mon ame ,
Quand je me figure l'instant

Qui doit procurer à ma femme
Le plaisir d'avoir un enfant ;
S'il ressemble à sa mère,
Et s'il tient de son père
Je vois que cet enfant
Sera charmant.
Il aura ce qu'il faut pour plaire ;
Et sitôt qu'on l'appercevra
Chacun se dira,
Quand il grandira ,
Il ressemblera
A son cher papa.
Oui-dà (*ter.*)
Certes, qu'il me ressemblera , et lorsque je ne serai plus ,
J'espère (*bis.*)
Qu'on m'y reconnaîtra. (*ter.*)

Quelle satisfaction de pouvoir dire lorsqu'on est prêt
de rendre l'ame , je ne meurs pas tout entier , je laisse
un rejetton de ma race !

SCÈNE VII.

LUCAS, JACQUINET.

LUCAS, *à part.*

Il faut que je prévienne Silvie de m'avertir de l'arrivée de Monsieur Jacquinet, afin de savoir par moi-même
si véritablement il est aussi fin que le dit le père Thomas...

JACQUINET, *à part.*
Que veut celui-là , il a l'air tout rêveur.

LUCAS, *à part.*
Et voir, par quel moyen , je pourrai le détourner de
son projet.

JACQUINET, *à part.*
Je voudrais bien savoir ce qu'il dégoise là tout seul.

LUCAS, *appercevant Jacquinet.*
Quel est cet homme ? quelle drôle de tournure. Ah !
ah ! ah !

JACQUINET, *à part.*
Le voilà qui rit à présent.

LUCAS, *à part.*
Si c'était lui, voyons. (*à Jacquinet.*) Monsieur, connaissez-vous Monsieur Thomas ?

JACQUINET.
Oui, Monsieur, pourquoi ?

LUCAS, *riant.*

C'est que... Ah ! ah ! ah !

JACQUINET.

Vous êtes bien gai, au moins.

LUCAS.

Et le connaissez-vous particulièrement ?

JACQUINET.

Si particulièrement que je viens pour épouser sa fille.

LUCAS.

Qu'entends-je ! quoi ? vous seriez Monsieur Jacquinet !

JACQUINET, *à part.*

Tiens, qu'est-ce qui lui a dit mon nom. (*à Lucas.*)
Oui , Monsieur, pour vous servir.

LUCAS.

Vous êtes trop honnête, certainement. Mais, ah ! ah !

JACQUINET, *à part.*

Allons , le voilà qui recommence. (*A Lucas.*) Savez-
vous bien Monsieur , que c'est très-impertinent de rire
comme çà au nez des gens à propos de botte.

LUCAS.

Pardon , mon cher M. Jacquinet.

JACQUINET.

Comment , mon cher M. Jacquinet, comme il est tout
de suite familiarisé avec ceux qu'il ne connaît pas ; ah
ça , dites donc , savez-vous bien qui je suis ?

LUCAS, *à part.*

Ce n'est pas difficile à voir ; (*à Jacquinet.*) je n'ai pas
cet honneur là , mais si vous voulez me l'aprendre ,
soyez persuadé que je vous rendrai l'hommage qui vous
est dû.

JACQUINET, *à part.*

Ah , c'est poli çà , du moins ; (*à Lucas.*) hé ben ,
Monsieur, je suis Jean Jacquinet, fils de Jacques-Jé-
rôme-Jean Jacquinet, le plus habile Médecin de notre
village , et de Marie-Jeanne Ladroite , Sage - femme ;
d'ailleurs ,

AIR : *Fidèle époux , franc Militaire.*

Monsieur , je suis d'une famille
Dont on parle depuis long-temps ;
Comm' mon pér' d'esprit je fourmille ,
De ma mère j'ai les talens.
Ma mère au mond' mettait les hommes ,
Tandis qu'mon pér' les en ôtait.

LUCAS.
Eh mais dans le siècle où nous sommes,
De bon des gens c'est le portrait. (*bis.*)

JACQUINET.
Vous voyez, Monsieur, que vous êtes un mal avisé
de venir me rire comme çà au nez.
LUCAS, *d'un ton ironique.*
J'avoue que j'ai eu tort.
JACQUINET.
Oui, très-tort.

LUCAS, *à part.*
Amusons-nous un peu à ses dépens; (*à Jacquinet.*)
vous me paraissez instruit, oserai-je vous demander un
conseil.
JACQUINET, *d'un air de protection.*
Parlez, mon ami; parlez, je suis fort pour donner
des conseils, je les donne toujours bons.

LUCAS.

A I R : *Vous voulez charmante Azelie.*

J'adore une jeune bergère
Dont je suis aimé tendrement ;
Mais un rival me désespère,
Et trouble un amour si constant. (*bis.*)
Il a la parole du père,
Au lieu que je suis rebuté ;
Dites-moi, que faudrait-il faire
Pour posséder cette beauté ? (*bis.*)

JACQUINET.
Connaissez-vous votre rival ?
LUCAS.
Oui.
JACQUINET.
Quel homme est-ce ?
LUCAS.
Mais une espéce d'imbécille !
JACQUINET.
L'avez-vous surpris quelquefois à conter des douceurs
à votre maîtresse ?
LUCAS.
Pas encore, mais çà pourra venir.

JACQUINET.

Hé bien, écoutez-moi.

AIR : *Sur le bruit de vos talens.*

> Quand vous verrez cet amant
> Fair' la cour à votre belle,
> Munissez-vous simplement
> D'un bâton, et sur-le-champ
> Pan, pan, pan, pan, pan, pan, pan ;
> S'il veut faire le rebelle,
> Pan, pan, pan, pan, pan, pan, pan,
> Vous r'doublerez à l'instant.

LUCAS.

Et vous imaginez qu'en m'y prenant ainsi, je le ferai renoncer à celle que j'aime.

JACQUINET.

J'en suis sûr, mais faudra frapper un peu fort, car autrement...

LUCAS.

Oh, pour la force, je n'en manque pas.

JACQUINET.

Tant mieux.

LUCAS.

J'espère ne pas tarder de me servir du conseil que vous me donnez, je vous remercie et vous laisse, car votre future vous attend sûrement avec impatience.

JACQUINET.

Je n'en sais rien ; elle m'a reçu tantôt d'une singulière manière.

LUCAS.

Prenez-y garde, Monsieur Jacquinet, n'allez pas prendre une femme dont vous ne seriez pas aimé ; il pourrait en résulter quelques accidens fâcheux.

JACQUINET.

Je n'aime pas les accidens, moi ; diable ! et que pensez-vous donc qui puisse m'arriver si, par hasard, elle n'était pas folle de moi ?

LUCAS.

Dam, écoutez donc.

AIR : *Daignez m'épargner le reste.*

> Si vous devenez son époux,
> Je crains après le mariage
> Qu'vous n'ayez sujet d'êt' jaloux.

JACQUINET.

JACQUINET.

Ce défaut-là n'est pas mon partage.

LUCAS.

Mais il pourra le devenir, car entre nous ;

Si par forc' ell' vous donn' sa main,
D'avance ici je vous proteste,
Que vous serez le lendemain,
Puis encore le surlendemain,

JACQUINET.

Eh bien, je serai...

LUCAS.

Vous devinez bien le reste (*bis.*)

JACQUINET.

Je devine aisément le reste.

Ah oui, je sais ce que vous voulez dire ; dans le fait, vous avez raison ; mais je crois que ce qui lui a donné l'air qu'elle avait tantôt, est le plaisir qu'elle a ressenti en me voyant.

LUCAS.

Je le desire pour vous.

JACQUINET.

Adieu, mon ami, je vais trouver l'objet de ma flamme.

(*Il rentre.*)

SCENE VIII.

LUCAS, *seul.*

La bonne dupe, il ne peut se douter que son con-seil va retomber sur ses épaules, et qu'avant qu'il soit une heure, je lui aurai fait sentir la force de mon bras ; il n'avait pas besoin de me recommander de frapper fort, j'y étais tout disposé. Lui-même vient de me donner le moyen d'obtenir celle que j'adore.

AIR : *De la Pipe de tabac.*

Je serai près de ma Silvie
Epoux tendre et fidèle amant,
Si la cruelle jalousie
Un jour me causait du tourment, (*bis.*)
Bientôt pour calmer les allarmes,
Dont mon cœur serait combattu,

Je me dirais ,

Si ma femme a beaucoup de charmes ,
Elle n'a pas moins de vertu. (*bis.*)

C

Alors tranquille et sans crainte, je vivrai que pour Silvie, toujours je lui serai constant, et mes jours s'écouleront au sein de la félicité.

A I R : *Il faut quitter ce que j'adore.*

Lorsque l'on veut d'un bon ménage,
Goûter les plaisirs séduisans ;
Il faut qu'après le mariage,
Les époux soient toujours constans :
Si l' mari devient infidèle,
Sa femme fera des heureux ;
Peut-on exiger d'une belle,
De la fidelité pour deux. (*bis.*)

S C E N E   I X.
L U C A S ,   S I L V I E.

S I L V I E.

D'après ce que vient de dire Monsieur Jacquinet, j'ai pensé que tu étais ici, et je suis sortie sous un faux prétexte... Eh bien, que ferons-nous ? As-tu trouvé un stratagême ?

L U C A S.

Il n'en est plus besoin, Monsieur Jacquinet lui-même m'a indiqué la façon dont il faut que je m'y prenne pour le faire renoncer à toi.

S I L V I E.

Comment donc ?

L U C A S.

Ce n'est pas le moment de t'en instruire, écoute seulement : après le dîner, Monsieur Jacquinet va sûrement te répéter ce qu'il t'a déja dit : qu'il t'aime, qu'il t'adore, ne te rebute pas trop et tâche de l'amener ici.

S I L V I E.

Eh bien !

L U C A S.

Laisse-moi faire, je te réponds que l'envie d'être ton mari lui passera aussi promptement qu'elle lui est venue ; j'entends quelqu'un, je te laisse. (*En s'en allant.*) Ah ! Monsieur Jacquinet, on vous les garde les filles de not' village.

S C È N E   X.
S I L V I E ,   J A C Q U I N E T.

J A C Q U I N E T.

Eh bien, Mademoiselle, pourquoi donc vous en aller avant la fin du dîner ?

S I L V I E.

Je n'avais pas d'appétit.

JACQUINET.

Ah, je vois ce que c'est : l'amour que vous ressentez pour moi vous a empêché de manger ; eh bien, celui que j'ai pour vous a produit un effet tout contraire sur moi, car j'ai dévoré.

SILVIE.

Je ne sais si c'est l'amour ou autre chose.

JACQUINET.

C'est l'amour, rien n'est plus certain, je m'y connais, mais avant peu, j'espère que cet amour-là, loin de vous ôter l'appétit, vous en donnera.

SILVIE.

C'est ce que nous verrons. Enfin, que me voulez-vous ?

JACQUINET.

Ce que je vous veux, Mademoiselle, ce que je vous veux, vous embrasser, si vous voulez me le permettre. (*Il va pour l'embrasser.*)

SILVIE.

Finissez donc, Monsieur, finissez donc ; si mon père...

JACQUINET.

Au contraire, Mademoiselle, c'est votre père qui m'a dit que je pouvais...

SILVIE.

Et moi je ne veux point.

JACQUINET.

Oui, vous le prenez sur ce ton-là... Eh bien, quand vous serez ma femme, je m'en vengerai en vous... en vous embrassant tous les jours. En attendant, vous allez venir avec moi.

THOMAS.

Où cela, s'il vous plaît ?

JACQUINET.

AIR : *La plus belle promenade.*

Puisqu'il faut vous satisfaire,
Apprenez que dans l'instant
Nous allons chez le Notaire
Signer notre engagement ;
Cette nouvelle doit vous plaire,
Car vot' bonheur s'ra parfait
Lorsque vous serez, ma chère ;
La femm' de Jean Jacquinet.

SILVIE.

Vous pouvez aller tout seul le signer, pour moi je reste ici.

JACQUINET.

C'est une plaisanterie. (*Thomas sort de chez lui.*) Arrivez donc, beau-père, arrivez donc. V'la-t-il pas vot' fille qui ne veut pas venir avec nous chez le Tabellion.

SCÈNE XI.
SILVIE, THOMAS, JACQUINET.

THOMAS.

Écoutez, mon gendr , n'faut point la contrarier là-dessus ; c'est u petit caprice que vous devez lui passer on faveur de l nabitude.

JACQUINET.

Et le contrat , qu'est-ce qui le signera pour elle ?

THOMAS.

Je vais le faire dresser , et engager Monsieur Scrupule à l'apporter ici , vous pendant ce temps faites vot' cour.

JACQUINET.

Dites donc , votre fille n'a pas l'air supérieurement disposé en ma faveur ; j'ai deja commencé à lui déclarer ma passion , j'ai voulu l'embrasser, elle m'a refusé et s'est presque mise en colère.

THOMAS.

Ce n'est rien que cela , un amoureux ne doit pas se déconcerter pour un refus.

AIR : *On compterait les diamans.*

La fille a l'air de le blâmer
Quand il lui dit , je vous adore ;
Mais l'amant loin de la calmer
Doit le lui répéter encore.
Il est sûr de trouver son cœur ,
Soumis aux leçons qu'il lui donne.
Lorsqu'on a connu le bonheur
A l'amant alors on pardonne. (*bis.*)

Allons , du courage , je vous aurai bientôt rejoint.

SCÈNE XII.
JACQUINET, SILVIE.

SILVIE.

Laissez-moi faire. (*à Silvie.*) Eh bien , Mademoiselle , vous ne parlez pas?

SILVIE.

Que voulez-vous que je dise ?

JACQUINET.

Et pardié ce qu'on se dit... et ce qu'on se dit quand on est , et de se marier.

SILVIE.

Mai e core ?

JACQUINET.

Petite méchante , vous le savez bien.

SILVIE.

Non, je vous assure.

JACQUINET.

Comment, vous ne savez pas qu'on se dit des douceurs ,
qu'on se fait des complimens. Laissez donc , laissez donc.

SILVIE.

Puisque c'est ainsi , pourquoi ne commencez-vous pas,
il me semble que je ne dois point vous prévenir.

JACQUINET , *à part.*

Elle a raison. (*à Silvie.*) Eh bien , Mademoiselle.

     AIR : *Jeunes filles , jeunes garçons.*

Lorsque je suis auprès de vous
Vos yeux me tournent la cervelle.
Ah ! ne faites plus la cruelle ,
Et prenez-moi pour votre époux.
Dans le transport de mon ame ,
Je n'conçois pas pourquoi
Je sens quand je vous voi
Un certain je n' sais quoi
       Qui m'enflamme. (*bis.*)

Sentez-vous aussi ce feu là ?

SILVIE.

Moi , je ne sens rien du tout.

JACQUINET , *à part.*

Diable ce n'est pas de bon augure çà. (*à Silvie.*) ma personne cependant devrait vous inspirer un tic tac... Est-ce
que vous ne m'aimeriez pas , je ne suis pourtant pas mal ?

SILVIE.

On ne peut mieux , je vous jure.

JACQUINET.

Je le crois , vous seriez bien difficile , si vous me trou-
viez autrement.

     AIR : *De la Famille.*

Quand je n'étais pas plus grand q'çà ,
Chacun admirait ma figure ,
Et l'on disait ce garçon-là
Est un prodig' de la nature.
Souvent ma mèr' me regardait ,
Et puis s'adressant à mon père ,
Ma mère disait à mon père ,
En vérité c'est ton portait :
Je n'sais comment çà s'est pu faire,
Et mon père était un joli homme ; Il me ressemblait ;
c'est tout dire.

SILVIE , *à part.*

Lucas ne vient pas.

JACQUINET.

Vous dites ?

SILVIE.

Rien.

JACQUINET.

Tant pis, Mademoiselle. (*A part.*) Voyons, disons-lui
encore quelque jolie chose pour l'émouvoir.

AIR : *R'li, r'lan, tamplan.*

Dès que j'vous vois un moment,
        En plein, plan,
R'lan, templan, tire li remplan,
Dès que j'vous vois un moment,
V'la-t-il pas que j'soupire. (*bis.*)
R'lan tamplan, tire lire.
Je sens comme un mouvement,
        En plein, plan,
R'lan, tamplan, tire li remplan,
Je sens comme un mouvement,
Qui cause mon martyre, (*bis.*)
R'lan, tamplan, tire lire.

SCÈNE XIII.

JACQUINET, SILVIE, LUCAS *un bâton à la main.*

LUCAS, *continuant l'air.*

Je crois que voilà l'instant,
        En plein, plan,
R'lan tamplan, tire li ramplan,
Je crois que voilà l'instant
De calmer son délire.
Ah ! ah ! je vous y prends. (*Lucas bat Jacquinet.*)

JACQUINET, *criant.*

Aye ! aye ! aye ! qu'est - ce que cela veut dire ? Au secours, au secours. Aye, aye, aye, aye, au secours.

SCÈNE XIV, *et dernière.*

LUCAS, SILVIE, THOMAS, JACQUINET.

THOMAS, *accourant.*

AIR : *N'en demandez pas davantage.*

O Ciel ! en croirai-je mes yeux,
Serait-ce donc un badinage ?

JACQUINET.

Eh non papa, c'est bien sérieux,
Ce dont en moi-même j'enrage.

THOMAS.

Vous souffrez que cet insolent vous frappe
Et vous n'dites rien.

JACQUINET.
Si je ne dis rien,
Je n'en pense pas davantage.
THOMAS.
Il y paraît... Mais que vient faire ce coquin ?
LUCAS, *à Jacquinet.*
Monsieur, je suis fâché...
JACQUINET.
Et moi aussi.

LUCAS.
Des coups de bâton...
JACQUINET, *à part.*
Et moi, du conseil que je t'ai donné. C'est ma faute.
Aussi, qui diable aurait pu s'imaginer çà. C'est pourtant
moi qui lui ai conseillé de me rosser. S'il m'arrive jamais
de donner des avis à personne...
THOMAS.
Ah çà, je n'entends rien à tout cela, moi, pourquoi
ce faquin vous battait-il ?
JACQUINET.
C'est une chose que je vous expliquerai dans un autre
temps... Où est votre Notaire ?
THOMAS.
Le contrat est tout prêt ; on va l'apporter.
JACQUINET.
Ce n'est pas la peine, allez ; à moins que ce ne soit
pour un autre... Je vois bien que votre fille ne m'aime
pas ; et comme je n'ai pas envie d'être...
THOMAS.
Comment... Comment ?
SILVIE.
Mon père...
LUCAS.
Monsieur !...
THOMAS.
Laisse-moi, je vous ai promise à Monsieur Jacquinet,
un homme d'honneur n'a que sa parole, et il sera votre mari.
JACQUINET.
Oh ! pour çà, je vous réponds bien que non, par
exemple.
THOMAS.
En v'la ben d'un autre.
JACQUINET.
Ce qu'il y a de mieux, c'est que je vous engage à la
donner à ce demandeur de conseil, c'est le seul parti
qui vous reste.

THOMAS.

Moi, je donnerais ma fille à ce vaurien ?

Air : *Vive le vin, vive l'amour.*

LUCAS.	SILVIE.
Monsieur, j'embrasse vos genoux.	Mon pèr', j'embrasse vos genoux.
Ah ! par pirié modérez-vous.	Ah ! par pitié, modérez-vous.
Montrez-vous, montrez, vous moins sévère.	Montrez, montrez-vous moins sé-vère.
De grace, calmez vot' colère,	De grace, calmez vot' colère,
Et comblez nos vœux les plus doux ;	Et comblez nos vœux les plus doux ;
Ce n'est qu'en d'venant son époux	En me le donnant pour époux,
Que je puis retrouver un père.	Vous lui donnez un second père.

THOMAS.

Ils m'attendrissent. Vous consentez donc, Monsieur Jacquinet ?

JACQUINET.

Du meilleur de mon cœur.

THOMAS.

Allons, puisque c'est ainsi, nous n'aurons qu'un nom à changer dans le contrat. (*A Jacquinet.*) Vous le signerez malgré ça.

LUCAS.

Et Monsieur nous fera le plaisir d'être de la noce.

JACQUINET.

Je le veux bien, au moins je ne serai pas venu seulement pour re-cevoir des coups de bâton ; il m'en souviendra.

VAUDEVILLE.

LUCAS.

Air : *Le cœur de mon Annette.*

De ma belle maîtresse
Je ferai le bonheur.
On me verra, sans cesse,
Lui prouver mon ardeur :
Eh ! mais, ouidà,
J'crois que rien n'est plus naturel que ça.

TOUS.

Eh ! mais ouidà,
Certes, rien n'est plus naturel que ça.

JACQUINET.

Me v'la du mariage
Tout-à-fait dégoûté.
Écoutez donc ; moi, j'ai peur . . . D'ailleurs
Ça n'va pas au visage,
Quand on est affecté ;
Eh ! mais, ouidà,
Je ne suis pas maître de cett' peur-là.

TOUS.

Eh ! mais ouidà,
Monsieur n'est maître de cett' peur-là.

THOMAS.

Le bonheur sur la terre,
Va renaître à jamais,
Puisque de l'Angleterre
On punit les forfaits.
Eh ! mais ouidà,
Les Français seuls pouvaient faire ce coup-là.

(*Tous répètent le refrein.*)

SILVIE, au Public.

L'Auteur de cet ouvrage
Réclame en ce moment,
Le plus léger suffrage
D'un Parterre indulgent.
Eh ! mais ouidà,
Messieurs, montrez-vous ce Parterre-là.

(*Tous répètent le refrein.*) FIN.